Alec Blenche, *Aventuri în Țara Prieteniei*
Ilustrații de Doina Zavadschi

Descrierea CIP este disponibilă la Biblioteca Națională a României.

Colecția UNICORN UNIVERS
Colecție coordonată de Ioana Chicet-Macoveiciuc
Redactare Diana Crupenschi
Corectură Andreea Popescu
Tipărită în România de Tipografia REAL

ISBN 978-973-34-1340-0

ALEC BLENCHE

AVENTURI ÎN ȚARA PRIETENIEI

ILUSTRAȚII DE
DOINA ZAVADSCHI

UNIVERS

Emma s-a născut într-o zi frumoasă de primăvară. Vremea era nehotărâtă și încă se gândea dacă venise timpul să înceapă să coloreze în verde pajiștile peste albul iernii ce stăruia cu încăpățânare peste tot. Însă, când soarele a văzut chipul frumos al Emmei, a început un nou ciclu de viață.

Emma era un copil vesel care zâmbea și chicotea întruna, cu o poftă de viață ce se putea transforma oricând în lacrimi de neputință. Când abia putea să stea în șezut, ar fi vrut să meargă. Când a început să meargă, ar fi vrut să alerge. Când a putut să alerge, ar fi vrut să zboare. Apoi a început să viseze și să citească, și toate dorințele ei s-au împlinit.

La început nu-i știa decât pe mami și pe tati. Apoi i-a cunoscut pe bunici și pe mătuși, pe unchi și pe verișori, pe vecini și apoi chiar și pe străini. După care a început să cunoască animalele care îi păreau mult mai interesante decât oamenii (în afară de mami și de tati, bineînțeles). A cunoscut cățelul, pisica, văcuța, căprița, rățuștele, caii, porumbeii, vrăbiuțele și multe alte viețăți. A cunoscut chiar și un pescăruș pe care l-a botezat Amamam, pentru că zbura în fiecare dimineață în jurul balconului și striga întruna: amamam, amamam.

Zilele treceau repede și Emma nu-și putea închipui că putea cineva să aibă o viață mai frumoasă decât a ei. Nu avea nevoie de nimic și nu-i lipsea nimic, atâta vreme cât mami și tati erau mai mereu alături de ea. La un moment dat, după multă așteptare, s-au mutat la țară. Așa că Emma avea acum ocazia să-și facă noi cunoștințe. Mai întâi i-a ieșit în cale Zuzu, un câine mai în vârstă, dar tare simpatic. Apoi a cunoscut-o pe Lexi, o cățelușă albă ca o vulpiță de zăpadă. Nu mult mai târziu a apărut în curtea lor un pisoi, Jup, pe urmă alt pisoi, Simba. După aproape un an, s-au ivit alți doi căței: Terra și Koda, doi pui de câine ciobănesc pe care tati îi găsise undeva pe marginea drumului. Emma era cea mai fericită. Curtea era plină de animale, iar tati îi promisese chiar că, la un moment dat, îi va lua și un căluț. Pentru cine nu a aflat până acum, caii sunt animalele preferate ale Emmei, dar ea a promis că va avea răbdare pentru asta. Așa că au urmat zile la rând în care Emma a visat numai căluți. Era singurul lucru care îi lipsea pentru a fi complet fericită. Deși câteodată se gândea că, după ce va veni căluțul, poate ar fi fost interesant dacă l-ar ruga pe tati să-i ia și un tigru, sau poate un elefant. Nu, nu, o girafă. Da, o girafă pe care să o călărească prin sat. S-ar putea urca pe gâtul ei lung și în felul acesta ar putea vedea tot ce făceau

oamenii prin curțile lor, că prea au toți garduri înalte, de zici că ascund nu știu ce secrete.

—Emma, ți-ar plăcea să îți faci și tu un prieten? o întrebă mami într-o zi.

—Prieten? Cum adică? Ce înseamnă prieten? răspunse Emma ușor confuză.

—Păi, un prieten este cineva la care ții foarte mult și care, la rândul lui, ține foarte mult la tine, răspunse mami în grabă.

—Aaah, așa ca tine sau ca tati? întrebă Emma zâmbind.

—Daa, răspunse mami, care nu se așteptase la un asemenea răspuns. Dar poate mai degrabă cineva de vârsta ta cu care să te joci...

—Aaaah, atunci ca Simba sau ca Terra, zise Emma calculând în gând că Terra, care avea aproape un an, avea, de fapt, șapte ani...

Fiindcă așa e cu vârsta câinilor... un an al lor înseamnă cât șapte la oameni, îi explicase tati... și deci, dacă Emma avea opt, ea și Terra erau cam de-o vârstă.

—Daa, răspunse mami, care nu se așteptase nici la asta. Dar eu mă gândeam mai degrabă la un copil, un băiețel sau o fetiță.

—Aaaah, continuă Emma, care nici ea nu se aștepta la una ca asta. Dar am deja destui prieteni, mami, și nu cred că mai avem loc în curte pentru altcineva.

Mami râse cu mare poftă și o mângâie pe cap.

—Eh, o să găsim noi o soluție, îi răspunse și își văzu mai departe de treabă.

Adevărul era că Emma nu reușise până atunci să se apropie de niciun copil. De fiecare dată când mergeau undeva unde erau și alți copii, se intimida sau se rușina, se ascundea în spatele lui mami și după zece minute voia să plece acasă. În mintea ei, avea deja cei mai buni prieteni din lume: mami, tati, mamaiele, mătușile, cățeii, pisicile... chiar cei doi tataie, la nevoie, așa că ce rost avea să își mai facă și alții?

Mami și cu tati încercaseră de mai multe ori să o împrietenească cu alți copii, dar știți cum e cu copiii... câteodată se împrietenesc de la cele mai simple și neașteptate lucruri, iar altădată este imposibil să-i faci să stea împreună. Două fetițe pot deveni cele mai bune prietene din lume doar pentru simplul fapt că au amândouă părul lung, ori

pentru că le plac prințesele, iar pecetluirea prieteniei are loc printr-o conversație de genul:

—Ție îți plac prințesele?

—Da.

—Și mie îmi plac prințesele.

—Yeaaah, ești cea mai bună prietenă a mea.

Sau:

—Tu ai părul lung?

—Da.

—Și eu am părul lung

—Yeaah, suntem cele mai bune prietene din lume.

La băieți este și mai ușor. Ei se pot împrieteni doar pentru simplul fapt că sunt amândoi băieți.

—Tu ești băiat?

—Da.

—Wow, păi și eu.

—Suntem cei mai buni prieteni...

—Daaa.

Și din punctul ăsta de vedere, copiii sunt de invidiat. Oamenii mari își fac tare greu prieteni. Bine, în general copiii sunt de invidiat, pentru că nu există vârstă mai frumoasă, mai încântătoare și mai fericită decât vârsta copilăriei.

Dar, spre surpriza tuturor, Emma a continuat să-și facă mai departe prieteni. Acum avea încă vreo șapte prieteni noi cu care discuta de fiecare dată când ieșea în grădină. Le clădea căsuțe făcute din frunze uscate și bețe găsite pe jos, le făcea măsuțe din pietre și chiar le aducea și mâncare sub forme felurite: bucățele de fructe, iarbă mărunțită, semințe sau alune. Erau, firește, prietenii ei

imaginari, zâni și zâne care se desprinseseră din cărțile cu povești și aterizaseră chiar în grădina ei.

Mai apoi a început să le pună nume și motanilor care erau doar în trecere sau porumbeilor, cucuvelei și cățeilor de pe stradă. Boteza chiar și cățeii vecinilor, deși, bieții de ei, aveau deja un nume care însă nu era pe placul ei.

—Hai, măi tati, ce fel de nume e ăsta, Lucky, pentru un câine care stă în lanț? Mie nu mi se pare deloc norocos. Așa că o să-i spun de acum încolo Sasha. Sasha e un nume vesel! Măcar să aibă un nume vesel... ce zici?

Și ce ar fi putut să zică tati? Chiar nu avea nimic împotrivă.

Emmei îi plăcea cel mai mult să meargă la munte la o cabană cu cai unde călărise pentru prima dată, pe vremea când nu avea nici măcar doi ani. De acolo avea unele dintre cele mai frumoase și amuzante amintiri. Ca atunci când se plimbaseră cu trăsura cu cei mai frumoși cai pe care îi văzuse vreodată, doi frizieni negri pe nume Marco și Bravo. De unde să știe tati că tataia Vasilică îl hrănise generos pe Marco cu o găleată de mere chiar înainte de plimbare?

Dacă ar fi știut, sigur nu s-ar fi așezat chiar în spatele lui. Toată lumea s-a bucurat de aerul curat al plimbării, mai puțin tati, care a trebuit să se țină de nas aproape tot drumul. Cred că v-ați prins de ce.

Tot la munte o cunoscuse și pe Zara, poneiul pe care călărise prima dată și pe care o iubea foarte mult, dar care era destul de bătrână, așa că în anul următor nu a mai găsit-o acolo.

—Căluța asta era cea mai bună prietenă a mea, a suspinat Emma. Am iubit-o mult.

—Și încă este iubită, chiar dacă a plecat, a consolat-o tati. Câteodată se întâmplă ca prietenii să ne părăsească, dar îi păstrăm mereu cu drag în amintire. Și, nu uita, iubirea nu moare și nu doare.

Iar Emma și-a amintit imediat de doamna Iubire și de aventurile ei în Țara Virtuților, așa că și-a revenit repede făcându-și un alt cel mai bun prieten cal: Pedro, un lipițan mai în vârstă care era tare blând și bun cu cei mici.

O altă ocupație preferată a Emmei erau plimbările zilnice pe care le făcea cu tati prin sat. Era atât de fericită de fiecare dată, pentru că aproape mereu găseau pe ulițele satului ceva interesant de văzut sau de făcut. Câteodată treceau pe lângă curtea lui nea Costică și purtau lungi conversații cu curcanii cei umflați în pene. Tati spunea: Gulugulugulu. Iar curcanii îi răspundeau înfoindu-și penele de zor.

Apoi Emma le vorbea și ea și mai tare: Gulugulugulu, iar curcanii îi răspundeau la fel de încrezuți.

Într-o zi au găsit un puiuț de câine care nu avea mai mult de două săptămâni. Se plimba singur de colo-colo plângând. Emma și-a amintit de doamna Compasiune și l-a rugat pe tati să-l ajute. Așa că l-au luat și i l-au dăruit lui nenea Victor, vecinul lor care iubea animalele. Tare mult s-a bucurat nenea Victor, dar și cățelușul. Emma însă a fost cea mai fericită.

Altă dată au văzut o găină care ieșise dintr-o curte pe sub gard. S-au rățoit un pic la ea și găina a intrat degrabă la loc. Apoi au pus o piatră acolo pe unde ieșise, ca să nu se mai repete isprava. Nu mai spun că o dată la câteva zile vedeau câte un cal pe care Emma voia neapărat să îl mângâie, iar asta îi făcea ziua și mai frumoasă. Alte dăți vorbeau cu oile lui nenea Marin, care erau strânse grămadă în curte, și de fiecare dată când treceau pe lângă ele începeau să strige de mama focului: beeee! Iar Emma le răspundea și ea: beeee! Și o țineau așa până când se îndepărtau bine de ele. La fel și cu rațele, gâștele, măgărușii, văcuțele sau chiar și purceii oamenilor de prin sat. Era de fiecare dată o distracție pe cinste.

Cele mai bune prietene

Dar ce te faci totuși cu un copil care nu vrea să se joace cu alți copii? Aceasta era una dintre întrebările pe care și le puneau zilnic părinții. Însă, după ce s-au gândit bine, au hotărât să aibă răbdare și să aștepte până când Emma avea să fie pregătită pentru asta. Între timp, tot ce puteau să facă era să o încurajeze și să o susțină. Dacă ar fi întrebat-o pe ea, i-ar fi scutit de multe bătăi de cap, pentru că ea o cunoscuse deja pe doamna Răbdare și le-a fi spus de la început că răbdarea era răspunsul.

Și, într-adevăr, Emma avea dreptate, pentru că, într-o zi care nu anunța nimic deosebit, Emma și-a cunoscut în același timp cele mai bune prietene.

Norocul a făcut — fiindcă întâmplare sigur nu a fost — ca Emma să participe la o activitate pentru copii în același timp cu Maria și Maya. Maria era din același oraș cu ea, însă nu se mai văzuseră până atunci, iar Maya era în vizită la niște rude. Locuia cu părinții ei în alt oraș, destul de departe.

Nu știm exact cum s-a întâmplat și ce și-au spus fetițele, dacă erau fericite că aveau părul lung sau că le plăceau prințesele... important este că s-au plăcut de la bun început și așa a început aventura lor în Țara Prieteniei.

Acum, e bine să vă spun încă de la început că Țara Prieteniei nu este o țară în care

soarele strălucește mereu și păsărelele cântă în copaci noapte și zi. Se mai întâmplă să plouă sau chiar să tune, se mai întâmplă să fie frig sau chiar să viscolească. Important este însă că, de fiecare dată, dacă prietenia este adevărată, soarele va răsări din nou.

Poate vă întrebați ce treabă are prietenia cu vremea... cu ploile, viscolul și așa mai departe? Păi, este destul de simplu de explicat și de înțeles. O prietenie poate fi des pusă la încercare de nevirtuți, și asta pentru că ele sunt cele care aduc de obicei vremea rea în Țara Prieteniei. De exemplu, domnul Mădaumare, pe care Emma l-a cunoscut destul de bine, poate face ca unul dintre prieteni să exagereze cu laudele de sine atunci când copiii se joacă jocuri sau când fac tot felul de alte activități împreună. Și, destul de repede, vremea frumoasă în care ei se distrează și râd și totul este perfect se transformă într-o vreme ploioasă, mohorâtă, care se poate lăsa și cu plânsete. Pentru că nimănui nu îi place să piardă sau să se simtă în urma celorlalți. Dar mai ales, atunci când te joci cu prietenii, este bine să ții minte că te joci ca să te distrezi, nu ca să câștigi; și, în niciun

caz, nu te joci ca să câștigi și să te dai mare cu asta. Nu uitați un lucru: atunci când cineva câștigă, altcineva pierde. Dar, dacă vă jucați în primul rând pentru distracție, nu pierde nimeni.

Apoi, o altă nevirtute care aduce vreme urâtă în Țara Prieteniei este domnișoara Minciunică. Se face dintr-o dată foarte frig atunci când prietenii se mint unii pe alții și nimeni nu mai are chef de joacă. De altfel, așa cum vă poate spune cu siguranță domnul Sinceritate, unul dintre cele mai importante lucruri care stau la baza unei prietenii adevărate este adevărul, deci sinceritatea. Prietenii nu se mint niciodată unii pe alții, indiferent de situație. Un prieten adevărat înțelege orice și nu va fi nevoie să fie mințit.

Vremea urâtă este adusă și de doamna Zgârcenie, pentru că puține lucruri sunt mai neplăcute decât zgârcenia între prieteni. Așa că, atunci când un prieten este zgârcit cu altul, se pornește un viscol îngrozitor care-i suflă pe prieteni în toate părțile, de nu mai pot ajunge unii la alții. În partea opusă, o calitate importantă a prieteniei este generozitatea. Un prieten bun mereu îți va întinde o mână de ajutor atunci când ai nevoie. Va petrece timp cu tine, îți va dărui ceva ce îți dorești foarte mult, ba chiar te va scoate din belele dacă va putea.

Dar poate că cel mai mult vremea din Țara Prieteniei este stricată de indiferență. Indiferența este o nevirtute pe care

Emma nu a cunoscut-o încă, dar care doare foarte tare. Indiferența doare atât de tare și te sperie la fel ca un tunet care îți face urechile să zvâcnească și inima să o ia la goană. Un prieten adevărat nu va fi niciodată indiferent; ba, dimpotrivă, va fi interesat de lucrurile pe care le faci, de cum îți merge, va fi plin de compasiune și va fi lângă tine de fiecare dată când ai nevoie de el.

Eh, acum că v-am spus câte ceva despre vremea din Țara Prieteniei, este bine să vă mai spun că, spre deosebire de vremea din țara în care trăim noi, asupra căreia nimeni nu are niciun control și plouă sau ninge la voia întâmplării, în Țara Prieteniei vremea este controlată în totalitate de cei care locuiesc acolo, adică de prieteni. Prietenii pot ține la distanță ploile, vântul, viscolul, tunetul și toate fenomenele naturii. Cum? Foarte simplu: respectând regulile de bază ale prieteniei.

Sinceritatea, generozitatea, compasiunea și modestia fac vremea bună sau, dacă sunt nesocotite, fac vremea rea.

Și, dacă se întâmplă (și tuturor ni se mai întâmplă) să invităm ploaia sau grindina pentru o perioadă, este bine de știut că stă tot în puterea noastră să aducem înapoi soarele pe cer. Și putem s-o facem în mai multe feluri: cerându-ne iertare dacă am greșit, reparându-ne greșeala sau iertând pe cineva care a greșit.

Iar, dacă vă întrebați cum arată Țara Prieteniei... ei bine, arată așa cum v-o imaginați voi împreună cu prietenii voștri. Orice partidă de joacă sau orice moment plăcut petrecut împreună cu ei vă va duce acolo. Poate să fie o ciupercă uriașă la umbra căreia vă odihniți împreună bând un ceai de cireșe sălbatice. Sau poate fi o lume fantastică plină de spiriduși și zâne bune. Poate să fie un castel cu cavaleri și prințese sau chiar o corabie de pirați aflată în mijlocul mărilor agitate. Totul ține de voi și de imaginația voastră.

Pentru Emma, de cele mai multe ori Țara Prieteniei arată ca o câmpie plină de tot felul de animăluțe. Și, cum prietenele ei cele mai bune iubesc și ele animalele, nici nu se putea altfel.

Prima dată când Maria a venit să petreacă câteva zile în vizită la Emma, Țara Prieteniei a fost plină de pisoi roșcați care erau spălați, mângâiați, periați și trecuți de la una la alta. Altă dată a fost plină de prințese și de prinți, de dragoni și de dinozauri.

Cu Maya, pe de altă parte, Țara Prieteniei este mai mereu plină de râsete și chicoteli, idei trăsnite și jocuri. Și de cai, da, mulți cai. Pentru că, la fel ca și Emma, Maya iubește cel mai mult caii. Am mai putea adăuga aici și castelele de nisip construite pe malul mării și joaca în valurile spumoase.

În ultima vreme, însă, Emma nu a mai putut să se întâlnească cu prietenele ei și asemenea lucruri se mai întâmplă, dar asta nu înseamnă că Țara Prieteniei dispare. Dimpotrivă, prietenii de multe ori au nevoie să mai ia și câte o pauză. Și noroc că există telefoane și internet. Iar, după o astfel de perioadă, prietenia devine de cele mai multe ori și mai puternică decât înainte.

Chestionarul prieteniei

Într-una din zile, Emma a avut o idee strălucită. S-a gândit că ar fi bine să vadă cât de bine își cunoaște prietenele și cât de bine o cunosc ele pe ea. Așa că a pus repede câteva întrebări pe hârtie și apoi le-a sunat pentru a verifica informațiile. Dacă vrei și tu să faci chestionarul prieteniei împreună cu prietenii tăi, citește întrebările la care s-a gândit Emma și răspundeți și voi la ele:

Care este culoarea mea preferată?

Cu ce îmi place cel mai mult să mă îmbrac?

Care este anotimpul meu favorit?

Care este animalul meu preferat?

Ce îmi place cel mai mult să mănânc?

Care este fructul meu favorit?

Care este gustarea care-mi place cel mai mult?

Care este desertul meu preferat?

Care este cântărețul meu favorit?

Care este cartea pe care-o iubesc cel mai mult?

Care este personajul meu preferat din cărți?

Care este cântecul meu preferat?

Care este activitatea mea preferată? Ce îmi place

cel mai mult să fac?

Cum mă alintă bunicii?

Cum mă alintă părinții?

Care este animalul meu de companie favorit?

Ce talent am? La ce mă pricep cel mai bine?

Care este pasiunea mea? Ce visez să fac cel mai mult?

De ce îmi este cel mai tare frică?

Unde mă găsești de obicei când nu sunt de găsit?

Care este cea mai mare realizare a mea?

Care este cea mai mare dezamăgire?

Descrie ziua mea perfectă

Pe cine aș invita la petrecerea mea imaginară? (Poate să fie oricine: personaje din poveste, desene, filme, lumea reală.)

Care este jocul meu preferat?

Care este filmul (desenul animat) favorit?

Când ne-am văzut prima dată?

Sunt mai activă dimineața sau seară?

Îmi plac mai mult câinii sau pisicile?

În ce zodie m-am născut?

Îmi place mai mult la munte sau la mare?

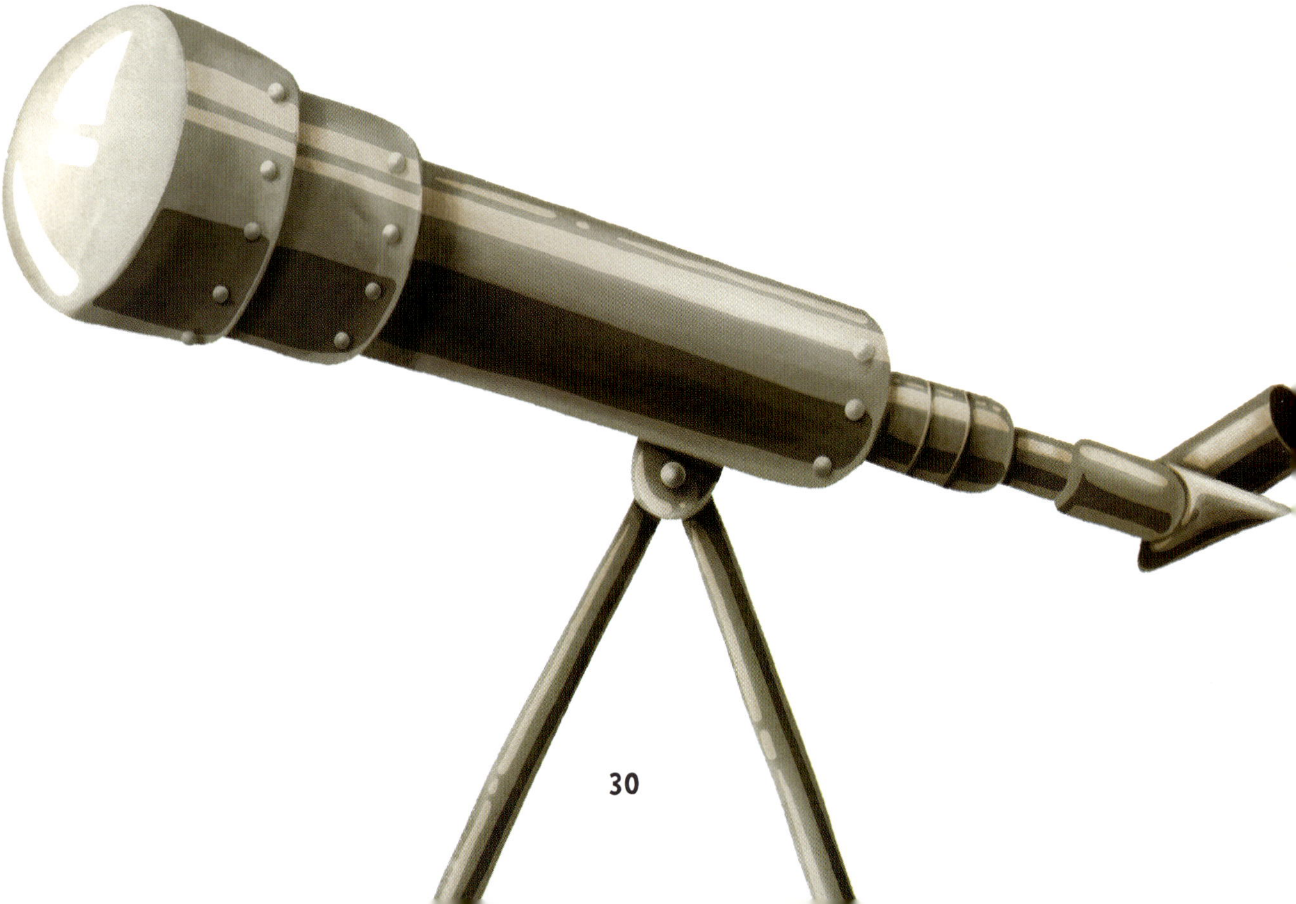

Poți adăuga și tu orice alte întrebări dorești!

Emma s-a distrat foarte tare atât cu Maya, cât și cu Maria, în timp ce asculta răspunsurile lor la aceste întrebări. Pe unele le știau foarte bine, iar pe altele firește că au încercat să le ghicească. A fost amuzant și tare plăcut, mai ales atunci când au descoperit că aveau în comun mult mai multe lucruri decât ar fi crezut. Însă poate că lucrul cel mai bun rezultat din această activitate a fost că au reușit să se cunoască și mai bine. Așa că au hotărât să reia chestionarul, completat cu întrebări noi, în fiecare an sau poate chiar și mai des.

Înțeleptul din Țara Prieteniei

Este foarte important de știut și faptul că în Țara Prieteniei există întotdeauna un Înțelept care știe mult mai multe despre prietenie și la care poți oricând să mergi să ceri ajutor când ai o întrebare la care nu poți să găsești răspuns. Acest Înțelept este întotdeauna undeva aproape și fiecare trebuie să-l găsească în jurul său. Pentru unii, poate să fie un frate sau o soră mai mare, pentru alții, poate să fie unul dintre părinți sau chiar unul dintre bunici. Sunt cazuri în care Înțeleptul este un verișor mai priceput sau o mătușă, dar poate fi și cineva la care chiar că nu te aștepți. Însă important este să fie cineva apropiat, în care ai mare încredere.

În cazul Emmei, de exemplu, Înțeleptul este tati, și asta pentru că a văzut ea că tati are muuult mai mulți prieteni decât mami. Cu toate că, atunci când l-a întrebat o dată câți prieteni are, tati a răspuns că doar unul. Dar el se poartă prietenește cu toată lumea, așa că Emma nu poate să-și dea seama dacă a glumit sau a vorbit serios.

Firește că, până a ajuns la această alegere, Emma a încercat mai întâi cu Lily, unicornul roz de pluș, însă nu a primit niciun răspuns la întrebările ei; ba, dimpotrivă, Lily s-a uitat la ea cu mirare. Apoi a încercat cu Simba, motănelul roșcat; dar pisoiul a mieunat în limba lui că nu se prea pricepe la prietenie. Apoi i-a venit rândul lui Koda, dulăul ciobănesc care, deși este mare cât un vițel, este blând ca o oiță. Nici acesta nu a avut prea multe de spus, în schimb a lins-o bine pe față, semn că el se pricepe mai bine la alte lucruri decât la

prietenie. Până când, într-o zi, tati i-a spus pe nepusă masă că ea este cel mai bun prieten al lui și nu i-a mai trebuit nimic mai mult.

Este foarte bine să îl găsești din timp pe Înțeleptul din Țara Prieteniei, pentru că el poate să-ți răspundă la majoritatea întrebărilor cărora nu le dai de cap.

Cum ar fi:

—De ce nu vor prietenii mei să se joace cu mine?

Și Înțeleptul îți poate răspunde în felul următor:

—Cel mai bine ar fi să-i întrebi pe ei. Poate că s-au săturat să joace același joc și nu știu cum să-ți spună asta ca să nu te supere. Sau poate că ai făcut ceva care i-a mâhnit. Într-o prietenie, sinceritatea e foarte importantă. Atunci când spui adevărul, nu există loc de interpretări, iar lucrurile se pot rezolva foarte ușor.

—De ce sunt diferit de prietenii mei? De ce nu pot să fac ce fac ei?

Și îți va răspunde:

—Cu toții suntem diferiți. Unii pot face anumite lucruri mai bine decât altele, dar asta-i un lucru foarte bun. O lume în care toți prietenii ar fi la fel ar fi tare plictisitoare. Pe de altă parte, sunt sigur că și tu faci lucruri pe care nu pot să le facă ei. Gândește-te la prietenia dintre Dorothy, Omul de Tinichea, Sperietoarea de Ciori și Leul din *Vrăjitorul din Oz*. Erau atât de diferiți, dar se potriveau atât de bine, încât au reușit să depășească toate greutățile din calea lor. La fel și cu Erus, Roua,

Alpi și Sucre din *Călătoriile lui Erus*. Prietenii au mereu ceva în comun, ceva ce îi atrage unul către altul, dar diferențele dintre ei sunt cele care îi fac să fie puternici împreună. Așa cum într-o echipă de fotbal unul este foarte bun în poartă, unul în apărare, iar altul în atac. În acest fel, împreună sunt o echipă foarte bună. Dar dacă toți ar fi fost pricepuți doar la atac? Cine ar fi apărat poarta? Pasiunea pentru fotbal îi atrage și îi face să fie prieteni buni, dar diferențele dintre ei îi fac puternici atunci când sunt o echipă.

Și, dacă stai mai bine să te gândești, o să găsești multe astfel de prietenii în jurul tău sau chiar în cărțile pe care le citești: Mowgli cu Baloo și Bagheera, sau Winnie the Pooh cu Tigger, Piglet, Kanga, Eeyore, Rabbit, Roo, Christopher Robin, Cenușăreasa cu șoriceii, Alba ca Zăpada cu cei șapte pitici, Shrek și Donkey și așa mai departe...

—Ce să fac dacă prietenii mei se joacă împreună și îmi doresc și eu să joc, dar mi-e jenă de ceilalți?

Și Înțeleptul îți va da răspunsul său:

—Eu zic, prima dată, să îi privești cu atenție ca să înțelegi ce fac mai exact și să te gândești cum ai putea să te alături și tu jocului. Apoi încearcă să intri în joc făcând ceva interesant. De exemplu: dacă ei se joacă de-a restaurantul, tu ai putea să fii un nou client. Nu încerca să schimbi jocul, ci mai degrabă caută să adaugi ceva interesant la ceea ce ei fac deja. Și, un lucru foarte important... Rămâi mereu optimist precum domnul Optimism pe care Emma l-a cunoscut în Țara Virtuților. La urma urmei, chiar dacă nu te vei putea juca acum, cu siguranță că un alt joc și mai bun te așteaptă.

—Ce să fac când mă supără un prieten?

Și Înțeleptul îți va răspunde:

—Orice prieten mai și greșește, și atunci aduce în Țara Prieteniei vremea rea sau neplăcută. Însă iertarea este una dintre cele mai importante puteri pe care un prieten le posedă. Iertarea aduce cel mai repede vremea bună înapoi în Țara Prieteniei. Și să nu uităm că greșelile nu sunt altceva decât moduri de a învăța. Așa că îi poți spune sincer prietenului tău ce te-a deranjat și de ce te-ai supărat. Iar apoi îi poți povesti despre cele trei reguli ale greșelii. 1. Recunoști că ai greșit. 2. Încerci să îți repari greșeala. 3. Te străduiești să nu mai repeți greșeala.

—Ce să fac când vreau să îmi fac un nou prieten?

Înțeleptul:

—Cel mai ușor este să te prezinți: să-ți spui numele, vârsta și eventual ce îți place să faci. De cele mai multe ori, aceste lucruri sunt de ajuns ca să găsiți ceva în comun și să vă transportați în Țara Prieteniei.

—Prietenul meu și-a făcut alți prieteni. Ce să fac?

Înțeleptul:

—Dar asta nu trebuie să fie o veste tristă, dimpotrivă. Cu cât ai mai mulți prieteni, cu atât mai bine. Mai mulți prieteni se pot juca mai multe jocuri, e mult mai distractiv așa.

—Prietenul meu mă pune să fac lucruri care nu îmi plac.

Înțeleptul:

—Un prieten bun te cunoaște și știe foarte bine ce îți place și ce nu. Prin urmare, cineva care te pune să faci lucruri care nu-ți plac nu îți poate fi un prieten bun. În acest caz, cel mai bine este să cauți să fii cu o persoană care te încurajează să faci lucruri care-ți plac și te fac fericit.

—Prietena mea face lucruri care nu îmi plac.

—Fiecare este liber să facă ce își dorește. Dacă ție nu îți place, va trebui să-i spui sincer și chiar să îi explici de ce nu-ți plac acele lucruri. Prietenii adevărați știu să rezolve aceste lucruri împreună.

Și, chiar dacă Înțeleptul nu are toate răspunsurile la întrebările sau nelămuririle tale, tot nu trebuie să fii speriat sau îngrijorat. Și asta pentru că Țara Prieteniei are și un Cod al prieteniei: anumite sugestii foarte clare pentru a păstra o prietenie sunt scrise cu litere mari chiar la intrare, pe un panou uriaș. Și se spune că, dacă asculți aceste sugestii, vremea urâtă va fi ținută la distanță.

Curiozități
despre
Ființe

Codul Prieteniei

1. Fă-ți prieteni care te apreciază și cu care ai multe lucruri în comun. Nu îți face prieteni din alte motive (de pildă, nu te împrieteni cu alții doar sau ca să fii mai popular sau să ai anumite avantaje). Prietenia se bazează pe sinceritate, generozitate, respect, compasiune și modestie.

2. Nu te schimba doar pentru a fi plăcut de alții în compania cărora vrei să te afli. În Țara Prieteniei, prietenii tăi te plac pentru ceea ce ești deja. Ei nu-și doresc să te schimbe.

3. Țara Prieteniei este deschisă pentru oricine, indiferent dacă este fată sau băiat, indiferent dacă vorbește o altă limbă sau arată diferit. Poți fi prieten cu oricine.

4. Dacă vrei să ai prieteni buni, în primul rând tu va trebui să fii un prieten bun pentru alții. Nu uita, primești ceea ce dăruiești.

5. Nu fi o clonă. A fi un prieten bun nu înseamnă să îi copiezi pe alții, diversitatea este foarte sănătoasă pentru prietenie, așa cum este pentru planetă. De pildă, puțini știu că prietenul cel mai bun al roșiei este morcovul. Și morcovul nu face în niciun caz aceleași lucruri pe care le face roșia, dar, cu toate astea, se ajută unul pe altul foarte mult și împreună fac o supă de legume delicioasă.

„Nu am nevoie de un prieten care se schimbă când mă schimb și eu sau care dă din cap când dau și eu. Umbra mea face deja asta mult prea bine", a spus un om înțelept pe nume Plutarh.

Puteți oricând să adăugați idei proprii la codul prieteniei:

6....

7....

8....

9....

10....

Da, Înțeleptul este foarte important în Țara Prieteniei, la fel cum sunt și sfaturile prieteniei. Dar cel mai important lucru acolo este să te distrezi și să te simți bine.

Însă un prieten poate fi mult mai mult decât un partener de joacă și distracție. Un prieten poate fi un umăr pe care să plângi atunci când simți nevoia. Un prieten poate fi o mână de ajutor care să te ridice atunci când cazi. Un prieten poate fi cel care îți cunoaște secretele, fricile, dar și bucuriile. Un prieten poate fi cel care să îți dea un sfat bun atunci când ai nevoie sau să te încurajeze când nu mai crezi în tine.

Dar, pentru ca o prietenie să poată începe, este nevoie de un prim pas spre necunoscut. Este nevoie de puțin curaj și de încredere. La urma urmei, orice prieten al tău a fost mai înainte un străin, cineva pe care nu-l cunoșteai deloc sau foarte puțin. Bine, asta e adevărat în cazul oricui, în afară de mami și tati, pe care îi cunoști dintotdeauna. Dar chiar și mami și tati au fost străini unul de altul până când au devenit prieteni. Și a fost nevoie de un strop de curaj pentru ca unul dintre ei să facă un prim pas și în cele din urmă să spună cum îl cheamă și ce îi place.

Adevărul este că nu există o rețetă de succes a prieteniei. Unii prieteni e posibil să te dezamăgească, iar alții să te uimească. Tot ce poți să faci este ca tu să fii un prieten bun și să fii încrezător că vei primi înapoi ceea ce dăruiești. Și, dacă se întâmplă să nu fie așa, să nu-ți pară rău, pentru că lumea este plină de oameni care abia așteaptă să aibă un prieten ca tine. Nu ai niciodată nimic de pierdut dacă ești un prieten bun.

Se lasă seara în Țara Prieteniei, iar Emma își ia la revedere de la prietenele ei. Toți prietenii se întorc pe la casele lor. A fost încă o zi plină de jocuri, aventuri, discuții, chicoteli și năzdrăvănii. Și, dacă asculți cu atenție, parcă încă se mai aud râsete de copii care încă nu s-au dus la culcare și se mai joacă un pic prin camera lor.

Este un sentiment aparte acela de a avea un prieten. Un sentiment pe care fiecare dintre noi ar trebui să îl trăiască. Și este la îndemâna oricui, pentru că Țara Prieteniei este deschisă pentru oricine.

10
9
8
7
6
5

Dacă ai să trăiești până la 100 de ani,
atunci eu vreau să trăiesc 100 de ani minus o zi,
pentru că nu vreau să petrec nici măcar o clipă fără tine.

Winnie the Pooh

Nu există nimic mai bun pe lumea asta decât un prieten bun.
Ba da, există... un prieten bun care are ciocolată...

Un prieten este cineva care știe totul despre tine
și cu toate astea încă te iubește.

Prietenii adevărați sunt dificil de găsit,
greu de părăsit și imposibil de uitat.

Un prieten bun nu îți stă niciodată în cale
decât dacă te îndrepți spre o prăpastie.

Prietenele

Emma

Maria

Maya

Cuprins